KB152985

꿈의 내력

꿈의 내력

김병택 시집

새미

시인의 말

탐구는 필요성의 소산이다. 필요하지 않은데도 불구하고 무엇을 탐구하는 경우는 상상하기 어렵다. 오래 전부터, 나에게는 개인적 필요성 때문에 시의 방법으로 탐구하고 싶은 대상들이 여럿 있었다.

이 첫 시집에서는 그 대상들에 대한 탐구를 '제1부'에서의 자아 탐구, '제2부'에서의 예술 탐구 '제3부'에서의 일상 탐구, '제4부'에서의 여행 탐구로 한정했다. 굳이 '탐구'라는 말을 쓰는 이유 중에는 쓸모없는 넋두리나 감상을 배제하려는 속내도 숨어 있다.

시인이 시에서 '창작 의도를 얼마나 잘 구현했는가' 하는 것은, 아무래도 독자가 수용한 창작 의도와의 일치 여부에 따라 대답해야 할 물음일 것이다.

2017. 2

저자

차 례

제2부

제3부

제4부

제1부

흐린 날에는 / 나는 전혀 예상하지 못했다 / 순간의 감정과 바꿀 수는 없다 / 특별한 기억 / 저녁에 / 저녁부터 아침까지 / 꿈의 내력(來歷) / 진지한 작심(作心) / 나는 범부(凡夫)였으므로 / 어떤 깨달음 / 인과관계(因果關係) / 유심론(唯心論) / 그때 그 시절의 기호들 / 요즘 고목이 회의에 빠진 순간 / 내 곁의 붉은 색 / 아버지를 떠올렸다 / 다시, 초대를 받았지만

흐린 날에는

책을 읽고,
음악을 듣고
때론 잠의 강물에 빠지기도 하지.

고향 집 앞에 펼쳐진
바다를 떠올리거나

들판의 흙먼지를 마시고 나서야
삘기를 따먹을 수 있었던 유년시절을
떠올리거나

훈련 중, 소대장의 엉뚱한 지시로
산을 넘다 총 맞아 죽을 뻔한
군대시절을 떠올리거나

교회 종소리 고즈넉한
늦가을의 어느 일요일 아침
폐결핵으로 죽은 딸의 시신을 붙잡고

한없이 통곡하던
이웃집 할머니를 떠올리거나

다시 책을 읽고
다시 음악을 듣고
때론 다시 잠의 강물에 빠지기도 하지.

나는 전혀 예상하지 못했다

무성한 숲, 긴 오솔길을 거니는 날
평평한 길이 끝나는 지점에서 만난
현저하게 울퉁불퉁한 오름 산길을

태풍이 몰려와 맹렬히 소리치는 날
섬과 섬이 서로 부딪치고 찢긴 후
어김없이 내 앞으로 달려오는 파도를

절망과 희망이 수시로 교차하는 날
바닷가 어느 높은 바위 위에 서서
갈 곳을 찾느라 망설이는 내 처지를

나는 전혀 예상하지 못했다.

순간의 감정과 바꿀 수는 없다

아무리 그렇다고 해도
지금까지 만났던 사연 고스란히 품은
오랜 세월을
순간의 감정과 바꿀 수는 없다.
숲속 가시덤불과 많이 닮아 있어도
순간의 감정은
천천히 강물과 함께 흘러가리니.

어리석은 욕심도
푸른 강물에 버릴 수 있을까.
기념비적 사실로 가득한 오늘을
넓은 바위 어느 구석에 새겨 둘 수 있을까.
그럴 수 있다면
'사실'은 점점 더 아름다워지고
강물은 더욱 더 푸르러지리니.

훗날 누군가가 웃으며
과거를 들추어 보았을 때

필시 우리는 거기에서 함께
맑은 정신으로 살고 있으리니.

특별한 기억

증조부 제삿날이었다. 종조부, 숙부, 당숙부, 고모네 가족들이 마당에서, 부엌에서 지난해의 이장 집 아들 잔치 이야기로 시간을 보내고 있었다. 촌수를 구별하지 않는 젊은이들 서넛은 바깥채의 대청마루에 모여 앉아 비어 있는 소주병을 바라보며 아쉬운 마지막 잔을 기울였다.

달빛이 마을의 허다한 사연을 품은 바닷물 위로 골고루 뿌려진 칠월 보름 백중날이었다. 보통 여름밤의 열기 따위에는 아랑곳하지 않는 사람들인데도, 그날에는 볼 수도, 들을 수도 없는 '그 무엇'으로부터 받은 불가사의한 느낌 때문에 전전긍긍하는 기색이 역력했다. 바다 밀물이 풍요한 기운을 끌고 올레를 거스르며 우리 집 마당 귀퉁이 쪽으로 기어오고 있었다.

마침내 제사祭祀가 시작되었고 아버지의 참으로 느린 분향재배는, 그윽한 향香 냄새가, 진설된 제사 음식의 주위를 한 바퀴 비잉 돌고 난 뒤에야 마무리되었다. 그 순간, 내 눈에는, 신위를 쓴 지방紙榜의 가장자리에, 나중에는 내 이야기를 듣고 누군가가 퍼즐처럼 공들여 맞추어야 할 증조부의 서늘한 생生의 조각들이 둥둥 떠다니고 있는, 희미한 장면이 보였다. 내 나이 사십세 되던 해, 증조부 제삿날에 있었던 특별한 기억이다.

저녁에

넘쳐나는 오늘의 무게를 가늠해 본다.
멀리 사라지는 나의 하늘과 땅.

관절을 바닷가로 끌고 가
둥둥 떠 있는 돛대를
붙잡고 허공을 휘저으면

하나는 분분한 울음의 조각으로
다른 하나는 분분한 웃음의 조각으로 나뉘어
내 의식의 두레박에 떨어진다.

피에로인 나는 늘
하루의 퇴색한 날씨를 거두면서
우리 집 현관으로 들어선다.

저녁부터 아침까지

집에 돌아와 정지된 시간의 커튼을 밀칠 때
모든 사물은 깊이 묻혀 있던 얼굴로
나를 쳐다본다.
곧이어 둔탁한 외침이 소리 없이 퍼지고
몇 겹씩 무겁게 포장된 어두움의
조금씩 낮게 무너지는 계단을 보며
아직도 떠도는 머리칼을 빗으면
앞에는 소멸의 빛을 닮은
흐린 거울이 놓여 있을 뿐.
나는 하루 종일 바람과 비에 지친
근육들을 천천히 눕혀 본다.
그리고 또한 굳게 닫힌 현실의 빗장을
잠시 흔들어 본다. 뒤이어
점점 맑아지는 의식의 거울에
오래 머물지 못하고
표표히 사라지는 얼굴들. 결국,
나는 끈끈한 표류물들과의 싸움으로
밤새도록 기진한 수면에 젖는다.

그때마다 방안의 공허한 내용물과
기념비 속에 갇혀 있던 과거가
한꺼번에 나를 둘러싼다.
그러나 이윽고 달빛을 자르며
오늘이 새로운 얼굴로 다가올 때
나는 망설임 없이
아침의 한가운데로 스며든다.
사람들은 가로수 잎들의 대화를 들으며
삶의 집을 향해 바쁘게 걸어가고
마침내 이 마을에는
무수한 햇살이 내리기 시작한다.
내 역사는 조금씩 사라지기만 하는데.

꿈의 내력(來歷)

유년 시절에는
우리 집 뒤뜰
대나무 숲에 숨어 있었는데

어른이 되어 바라보았을 때는
광년의 행성에 걸려 있었다.

가끔 아스팔트길을 걸으면
눈부신 차들의 경적소리와 함께
아주 멀리 사라졌다.

TV에서 일기예보를 발표하면
한 떼의 구름을 좇아
천천히 집 밖으로 빠져 나갔다.

나이가 든 지금에도
광년의 행성에 걸려 있어
전혀 달라지지 않았다.

진지한 작심(作心)

무수한 기억들이
사체로 넘쳐나는 틈새에서
이윽고 나는
분명한 사실 하나를 찾아낸다.

정치에는 정치가의 철학이
사업에는 사업가의 철학이
교육에는 교육자의 철학이
있게 마련이었지만
나에겐
한 줌의 철학도 없었다.

단단한 어둠도 있었고
끈질긴 절망도 있었고
아득한 곤궁도 있었고
벼락같은 좌절도 있었지만
나에겐
한 줌의 철학도 없었다.

생각의 공간들이
치열하게 부딪치는 소리를 들으며

이제부터 나는
진지하게
한 줌의 철학을 세우기로 한다.
한 줌의 철학을 만들기로 한다.

나는 범부(凡夫)였으므로

불립문자,
언어도단이 빚어내는
침묵의 가치를 깨닫지 못했다.

미처 달관하지 못해
타인의 배신을 감지한 후
오래도록 절망했다.

수시로 밀려오는 분노를
대체로는 간직했지만,
때로는 터트렸다.

나는 범부였으므로.

어떤 깨달음

꿈속에서 벌어진 일이었다. 보통 사람들 키보다 훨씬 큰 유리 상자가 검은 물길의 굴곡을 따라 천천히 나를 향해 다가왔다. 나는 영문도 모른 채 엉겁결에 유리 상자 속에 갇히고 말았다. 유리 상자 위쪽이 훤히 트여 있었는데도 내가 밖으로 빠져나갈 방법은 전혀 없어 보였다.

나는 힘껏 외쳤지만 나의 외침을 듣는 사람은 아무도 없었다. 나는 유리 상자가 전복되기를 열렬히 기원하다가 마음을 바꾸어 유리 상자 바닥에 앉으려 안간힘을 썼다. 얼마 후, 유리 상자 바닥에 앉았다고 안도하는 순간, 나는 유리 상자 밖으로 튀어나온 '나'를 발견했다. 검은 물길의 굴곡을 따라 천천히 사라지는 유리 상자가 내 눈에 들어왔다.

숨이 막히는 상황에서 구조된 나는 앞으로 다시 유리 상자 바닥에 앉는 일 따위는 절대 없으리라고 장담하며 여기저기를 돌아다녔다. 그런데 잠시 후, 나는 파도치는 바다의 중심부에서 빠른 속도로 나를 향해 달려오는 또 하나의 유리 상자를 보았다.

인과관계(因果關係)

내가 바라보는 물살이
하얀색으로 보이는 것은
내 마음이 하얗기 때문이다.

내가 바라보는 물살이
푸른색으로 보이는 것은
내 마음이 푸르기 때문이다.

내 마음이 하얗고
내 마음이 푸른 것은
내 눈에 보이지 않는 어떤 것이
내 마음의 색을
결정했기 때문이다.

유심론(唯心論)

이상의 「날개」에 나오는 미스꼬시 옥상과는 확연히 다른, 일층 건물의 남루한 현관 앞에 열 서너 명의 중년 남자들이 앉아 있었다. 그들 중 요란하게 차려 입은 뚱뚱한 남자가 갑자기 일어서서 행인들을 향해 만병통치약을 열정적으로 선전했다. 내 바로 뒤에 섰던 사람의 귓속말에 의하면, 그는 인생의 화려한 전성기를 보낸 후, 사기죄로 교도소에서 생활하다 얼마 전에 형기를 마치고 출소한 자칭 트로트 가수 C씨였다. 그는 과거의 이력에 아랑곳하지 않고 다시 여기서 사기를 치는 중이었다. 내가 젊은 시절, 교사로 근무하던 사립 고등학교에 유명한 단골 지각생이 있었는데, 그 학생의 아버지는 가수라는 소문이 떠돌았었다. 얼굴 생김새로 보아, 그는 바로 그 학생 아버지임이 틀림없었다.

화창한 봄날, 정장 차림의 멋진 중년 신사가 웃음을 지우지 않은 채 김포공항 '국제선 도착'이라고 쓰인 팻말 쪽의 커다란 문을 밀치고 천천히 걸어오고 있었다. 한 남자가 여러 환영객을 밀치면서 그에게 다가가 정중하게 인사했다. 개인 경호원인 듯한 젊은이도 긴장한 얼굴로 여기저기를 두리번거렸다. 하지만 상황은 예기치 않게 곧 바뀌고 말았다. 두 명의 건장한 형사가 그에게로 다가가 수갑을 채웠기 때문이다. 그는 국회의원 선거법위반 혐의로 수배 중인 A씨였는데, 따져보면 촌수가 먼 나의 친척 아저씨였다.

나는 두 사람을 잘 알지 못한다. 두 사람은 잠자던 나의 기억력을 최대한 동원해야 겨우 머리에 떠올릴 수 있는 사람들에 불과하다. 그런데도 두 사람의 현실적 불행이 나에게는 실제보다 몇 배나 더 크게 다가왔다.

그때 그 시절의 기호들

그때 그 시절이 한꺼번에 몰려와서는
시선의 가장자리에서 멈춘다.
내 시력이 그렇게 나쁜 편이 아닌데도
그때 그 시절은
회색 헝겊들이 펄럭이는 모습만을 보여 줄 뿐이다.

시선의 가장자리에 있는 '그때 그 시절'을
조금 밀어냈을 때
기억의 수많은 조각들은 어지럽게 낙하한다.

남루한 자화상의 한쪽에는 어둡고 습한 낱말들이
다른 한쪽에는 밝고 따뜻한 낱말들이
그때 그 시절이라는 기호의
보이지 않은 깃발을 따라 이리저리 흩어진다.

나는 그저 아무 말 없이 그때 그 시절의 기호들을
하나 둘씩 줍기만 할 뿐이다.

요즘 고목이 회의에 빠진 순간

나무로 존재할 때는 아름다웠다.
보이지 않는 부분은 더욱 아름다웠고
숲속에서든 숲 밖에서든,
필요할 때마다 영성이 내렸다.

이제 그런 현상은 사라졌다.
아니, 끝났다고 말해야 한다.
시간의 마술인 듯도 하고, 아닌 듯도 하지만
누구도 거스를 수 없는
시간과 공간의 이치임은 분명하다.

요즘 고목과 옛날 고목은 아주 다르다.
하지만 또 다른 내가 나에게 묻는다.
요즘 고목은 옛날 고목과 무엇이 다른가.
요즘 고목이 회의에 빠진 순간이다.

내 곁의 붉은 색

유년시절 어느 날의 초여름 저녁,
길가에 펄럭이던 붉은 천을
나는 쉽게 잊을 수 없다.
조용히 걷고 있던 어머니의 하얀 적삼에도
붉은 기운이 퍼져 있었다.
등짐 광주리 속의 흰쌀과 양초는 왼쪽에
향과 성냥은 오른쪽에 놓여 있었다.
할머니의 입담을 듣기 위해
함덕*으로 가는 길이었다.
할머니집 처마에 걸린 천의 울긋불긋한 색들 중에서도
가장 많은 색은 붉은 색이었다.
할머니가 입담을 할 때 흔드는 요령의 손잡이에도
놋그릇을 받치고 있는 얌전한 받침 천에도
붉은 색은 항상 있었다.
어둠이 초가지붕을 천천히 덮고 있을 때에도
신들의 내력담을 따라 격렬하게 움직이는 할머니의 입술에도
붉은 색은 떠나지 않고 있었다.
함덕 할머니의 입담을 듣고 집으로 돌아오는 길에서

어머니와 나는 하늘에 떠있는 붉은 달을 보았다.
그것은 노란 달과 아주 달랐지만
불길한 뜻을 품고 있는 것은 아니었다.
어머니가 입을 열었다.
"붉은 달이 뜨면 어려운 사랑도 결실을 맺는단다."
지금으로부터 팔십여 년 전,
증조부께서 하셨다는 말씀이었다.
집으로 돌아왔을 때 어머니와 나는
혼자 살던 고모가 재혼하게 되었다는 소식을 들었다.
증조부의 말씀을 믿지 않았다면
도무지 이해할 수 없는 일이었다.
지금, 다시 확인하건대
붉은 달이 뜬 이후에 벌어진 일이었다.

* 함덕 : 제주도 제주시 조천읍 함덕리를 가리킴.

아버지를 떠올렸다

이름도 잘 기억하지 못하는 친척이 찾아와
자네 아버지에게 받을 돈 내어 놓으라고 생떼를 썼을 때

큰돈은 아니라고 물러서면서도 여전히
구체적으로 상황을 설명하지는 못하는,
전과 경력이 몇 번이나 된다는 그의
점퍼 위를 지나는 알코올 냄새를 맡았을 때

그나마 그런 이야깃거리라도 남길 정도로 그렇게
"털털한 아버지였으면 얼마나 좋았을까."라고 말하는
어머니의 서글픈 장난기가 주름진 얼굴에 스며들었을 때

우리 모두 두 분 무덤 앞에서 배례하는 오늘
팔월 한가위 아침,
청명한 날씨이므로 이런 날의 오후엔 화투판 벌이는 게
최고라는 말들이 킥킥거리는 웃음에 섞여 전해 왔을 때

다시, 초대를 받았지만

두 번 초대를 받았으므로
만사를 뒤로 밀고 잔치 집으로 갔다.

잔치의 목적은 실종되었고
주인공의 헤픈 웃음만이
수시로 여기저기에 나풀거렸다.

그들이 내세웠고 우리가 열렬히 찾았던
잔치의 진정한 목적은
어느 곳에도 보이지 않았다.

포크 옆에 놓인
하얀 색 봉투가 하얀 음성으로
모든 것을 알려 주었고
탐욕과 이기와 오만이
빛바랜 음식과 함께 어지럽게 널려 있었다.

다시 초대를 받았지만 잔치 집으로 가지 않았다.
아니, 갈 수가 없었다.

제2부

근원을 알 수 없는 외로움이-마르크 샤갈의 「고독」 / 자화상을 그린 또 다른 이유-렘브란트의「성 바울 풍의 자화상」 / 이중섭의 소들은 알고 있다 / 완당의 목소리-완당의 「세한도」 / 남몰래 흐르는 눈물의 연유는-도니체티의「사랑의 묘약」 / 분명한 사실-Mahler Symphony No. 5 / 엄연한 현실-임옥상의 두 그림 「보리밭 2」와 「일어서는 땅 4」 / 내 노랫가락 타령조(-調) / 선율 / 음률 / 시여! 그렇게 오라, 내 곁으로

근원을 알 수 없는 외로움이

– 마르크 샤갈의 「고독」

샤갈의 고향
러시아의 비테프스크.

저기 서 있는 예배당 첨탑이
뚜렷하게 보이는 벌판.
무심코 누워 있는 바이올린 옆에
염소가 허무하게 앉아 있다.
천사는 하염없이 날고 있고.

그는 유대인이고 하시디스트*였다.
핍박을 받을 때마다
신과 대화하기를 간절히 원했다.

두려움의 대상과는
대화하고 싶지 않았다.
철저히 외면하고 싶었다.

그때마다 기척도 없이 찾아온
근원을 알 수 없는 외로움이
그의 좁은 이마 위에
조금씩 쌓이곤 했다.

* 하시디스트(Hasidist): 18세기에 폴란드와 우크라이나의 유대교도들 사이에 일어난 신비주의적 경향의 신앙 부흥 운동인 하시디즘(Hasidism)의 추종자.

자화상을 그린 또 다른 이유
— 렘브란트의 「성 바울 풍의 자화상」

렘브란트에게
자화상을 그리는 일과
정체성을 확인하는 일은 동일한 작업이다.
그렇지 않고서야
평생 동안 백여 점의 자화상을 그릴 이유가 없다.

나이 55세인
「성 바울 풍의 자화상」에는
생활의 곤궁함이 넘쳐흐른다.
황색 두건, 반백 머리, 주름진 얼굴에서
조그만 눈, 남루한 옷, 늘어진 팔에서
전체를 덮고 있는 검은 색에서 특히 그러하다.

사람들이 묻는다.
수많은 애호가들로부터 찬탄을 받았던
'렘브란트의 빛'은 지금
어느 공중에 머물러 있는가.

렘브란트가 자화상을 그린 다른 이유는
오로지 하나님의 말씀을 지키고
해석하는 일에만 전념하는
성 바울을 따르고 싶었기 때문이다.

더 나아가
자화상을 통로로 부끄러움의 흔적까지를
캔버스 밖으로 날려 보내는
자신을 확인하고 싶었기 때문이다.

이중섭의 소들은 알고 있다

소도둑, 소백정이라는 말까지 들으며
하루 종일 자신들을 관찰했음을

얼굴이 화면을 지배하도록
소리가 화면을 지배하도록 붓질했음을

코와 입은 선명한 붉은색으로
소리 울림은 방사형의 붉은색으로 칠했음을

지우고 고치고 다시 그리는 과정을 거쳐
결국 웃는 모습으로, 싸우는 모습으로,
울부짖는 모습으로, 용을 쓰는 모습으로,
발광하는 모습으로, 떠받으려는 모습으로,
몸부림치는 모습으로 완성했음을

이 모든 것은 자신들에게
'생명'을 불어 넣기 위한 노력이었음을

(모르는 사람도 있을 터이지만)
이중섭의 소들은 알고 있다.
과거에도 현재에도 변함없이 살아있으므로.

완당의 목소리

– 완당의 「세한도」

제주도 유배 살이 5년이니
세상 풍파를
내 나름대로 이렇게
정리할 수 있을 것 같았다.

왼쪽의 잣나무 두 그루와
오른쪽의 소나무 두 그루 중에서
소나무 한 그루의 가지는 일부러 휘게 그렸다.
꿋꿋한 선비들도 많이 있지만
함부로 타협하는 선비도 종종 있지 않았던가.

"추운 날씨가 지난 후에야
송백의 푸름을 알 수 있다."는 공자의 말씀은
역관 이상적에 대한 감사의 뜻으로 인용한 것이지만
반드시 그러한 것만은 아니었다.
정의에 익숙한 사람과 불의에 익숙한 사람은
어느 시대에도 함께 있었다는 것을
환기시키고 싶었다.
꼭 그렇게 하고 싶었다.

제주도 유배 살이 5년이니
세상 풍파를
이렇게 정리해도
큰 잘못은 없을 것 같았다.

남몰래 흐르는 눈물의 연유는

– 도니체티의 「사랑의 묘약」

젊은 날에 보았던
도니체티의 「사랑의 묘약」을
한참 동안 떠올렸다.

같은 마을에서 숨 쉬는 젊은이들이
서로 사랑하고 미워하는 것은
자연스러운 삶의 방식이었다.

그들끼리 끊임없이 얽히고설키는 것
또한 마찬가지였다.

언제든, 세상 어느 곳에서든
'살아 있는' 사람들의 눈물은
마음 깊숙한 곳에 자리한
사랑으로부터 흘러나온 것이었다.

어둠속에서
남몰래 흐르는 눈물의 연유는
바로 사랑이었다.

분명한 사실

– Mahler Symphony No. 5

갈등과 균열의 상황을,
혼돈과 절규의 상황을 겪은 후에도
구스타프 말러는
장송행진곡에 발맞추어
꾸준히 앞으로 걸어 나갔다.
사람들은 그것을
추락이라고도 했고
소멸이라고도 했다.

천천히 7음 음계를 거쳐
스케르초로 퍼진 왈츠 무곡들의 무도회는
오스트리아 빈의 우아한 무도회도,
엄숙한 무도회도 아니었다.
순전히 해골들의 무도회였다.

하지만
정신을 다시 가다듬어 걷기를 멈추지 않았던
그의 아다지에토가
아내를 향한 사랑의 고백이었음은,

성조의 높낮이가
영화 <베니스에서의 죽음>에서와 같은
죽음에 대한 생각의 높낮이였음은,

음계의 나열이
참으로 많이 지쳐 있었으나
마지막까지 유지한 낭만주의의 모습이었음은

분명한 사실이었다.

엄연한 현실

– 임옥상의 두 그림 「보리밭 2」와 「일어서는 땅 4」

보리밭 한가운데 서 있는
농부의 가슴에 수시로 차오르는 것은
수확의 기쁨이 아니었다.
검은 색깔의 무너지는
슬레이트 집 환자용 시트에
천정을 보며 누워 있는 가족을 돌보느라
한아름 쇳덩이 무게의 빚에 눌려 사느라
작은 키가 더 작아졌지만
가슴에 새겨 있는 분노의 눈금은
누구의 것보다 더 높았다.
시멘트 바닥에 서 있는
다섯 농부의 귀에 가끔 들려오는 것은
이웃들의 일상에서 이리저리 굴러다니는
즐거운 이야기가 아니었다.
먼지 덩이가 부유하는 공사장에서
싹을 틔우려던 다섯 농부의 꿈은
오래 전에 수평선 쪽으로 사라졌다.
그것은 보리밭의 흙도,

시멘트 바닥 위의 푸른 하늘도
다 알고 있는 엄연한 현실이었다.

내 노랫가락 타령조(-調)

내 노랫가락은

뚜렷한 이유 없이 고저장단에 매우 민감했다.
다른 사람들의 노래와 수시로 부딪쳤다.

낡은 이야기를 받아들이는 것이 참으로 어려웠다.
다른 사람들의 노래와 종종 비교되었다.

필요할 때는 자주적으로 펄럭였다.
다른 사람들의 노래와 함부로 섞이지 않았다.

오로지 앞을 보며 나아갔다.
다른 사람들의 노래와 분명한 차이를 보였다.

선율

깊게 흐르는 바다에서
빠르게 물을 털며
저리로 이동하는 한 마리 새

모두가 함께하던 기억,
한 조각을 잡고 꽃송이처럼
서쪽 하늘로 향하는 한 마리 새.

화려한 마차에 실려
우주로 나아가는
카이오* 호수 위의 한 마리 새.

* 카이오 : 상상 속의 호수 이름.

음률

방향 없이 흐르지 않는다.
필요한 곳을 찾아 흐른다.

함부로 멈추지 않는다.
잠시, 길을 가다 쉴 뿐이다

무턱대고 오르내리지 않는다.
지나치지 않게 조절한다.

함부로 소멸하지 않는다.
또 다른 생성을 위해 준비한다.

시여! 그렇게 오라, 내 곁으로

겨우내 얼어붙은 내 지혜의 작은 연못을
잔잔한 온기로 녹이는 봄날의 미풍처럼

긴 동면을 끝낸 미물들의 구부러진 등을
빠르게 밀치고 지나가는 햇살처럼

썰물이 지나 어김없이 다가올 밀물의
오만한 기세를 누르는 은은한 달빛처럼

헛헛한 바람이 불고 폭풍우가 지난 후
바위틈으로 흘러내리는 영롱한 물방울처럼

바닷가 여기저기 흩어져 있는 조약돌들을
하나하나 장식품으로 바꾼 후의 희열처럼

들판에 뒹구는 야윈 나뭇잎들의 몸에
사랑을 일렁이게 하는 사포의 마음처럼

시여!

그렇게 오라, 내 곁으로.

제3부

슬기롭게 사는 사람은 / 파도여, 말하라 / 나를 조종한 것은 / 바람의 흔적이라도 / 나무에 대해 잘 말하기 위해서는 / 구름은 / 한라수목원에서(1) / 한라수목원에서(2) / 꽃들의 소통 방법 / 수많은 사람들은 알고 있을까 / 중요한 사람과 하찮은 사람 / 승부차기 / 오늘 걸었던 길이 / 다른 것을 두려워하기 때문이다 / 억지 춘향식(式) 하늘 / 일상 / 물을 밟고 서 있는 한 사나이 / 브라이언의 고백 / 밭담 / 책임의 향방

슬기롭게 사는 사람은

아름다운 것만 보면 추한 것이 보이지 않고
추한 것만 보면 아름다운 것이 보이지 않는다.

대부분의 사람은 아름다운 것만을 보고 싶어 한다.
추한 것만을 보는 사람도 더러 있다.

세상을 잘 헤쳐 나가는 사람은
아름다운 것과 추한 것을 함께 본다.

세상을 슬기롭게 사는 사람은
아름다운 것과 추한 것의
보이는 것과 보이지 않는 것을 모두 본다.

파도여, 말하라

어둠을 자르며 여기까지
달려온 태곳적 바다,
성난 숨결의 메마른 외침을
어떻게 거두어야 하는지를

터무니없이 억울한 세파를
얼마나 겪었기에, 절규하듯
포말로 우리의 일상을 감으며
재빨리 사라져야 하는지를

밤에는 별과 달이 지켜
잔잔하지만, 낮에는 왜
돌과 바람에 날카롭게 부딪히는
고난을 겪어야 하는지를

천 길 낭떠러지 밑에
가만히 숨죽이고 있다가
미래의 저쪽으로 달려가기 위해
기어코 신경을 움직여야 하는지를

모래 위로 파랗게 밀려온 후,
들린 듯 검게 휘저으며
소멸하는 과거의 흔적을 붙잡고
다시 길을 나서야 하는지를

파도여, 말하라.

나를 조종한 것은

언젠가는
영화 필름처럼
머리를 스쳐 지나가는
지난날의 방황을 멈추게 했다.

또 언젠가는
나뭇가지 끝에 앉아 있는 새,
이륙하기 위해 기다리던 비행기와
대화를 나누게 했다.

천천히 생각해 보니
나를 조종한 것은
시계의 시간이 아니라
경험의 '시간'이었다.

바람의 흔적이라도

바람의 몸을 나는 본 적이 없다.
하지만 바람과 부딪히며 자랐으므로
바람은 나를 움직이는 근원이다.
바람의 얼굴을 나는 본 적이 없지만
바람은 늘 내 곁에 있다. 어제 저녁에도
바람은 우리 집 추녀 끝의 동쪽 지점을 통과했다.

바람이 내 곁을 떠났다.

지금까지도 나는
바람이 사는 집을 가보지도 않았고
바람의 가족을 만나지도 않았다.
바람의 이런저런 소식에 목마른 나는
바람으로부터 무엇인가를 듣고 싶다.

바람의 흔적이라도 보고 싶다.

나무에 대해 잘 말하기 위해서는

나무는 숲속의 어느 자리에 항상 서 있다. 하지만 나무에 대해 잘 말하기 위해서는 그것만으로는 턱없이 모자란다. 숲속의 그 자리에 항상 서 있다는 사실과 함께, 다른 나무와 항상 어떤 관계를 맺고 있다는 사실을 알아야 한다. 결국, 나무에 대해 잘 말하기 위해서는 나무가 항상 서 있는 구체적인 자리는 물론이고 다른 나무와 맺고 있는 구체적인 관계도 파악해야 한다.

구름은

하늘의 중간 높이에 자리 잡은
천사들의 놀이터였다.

우기의 길고 긴 터널
이끼 낀 벽에
드문드문 걸려 있는
나무 액자 속의 산수화였다.

분노와 비애를 잔뜩 실은
허름한 마차의 초상이었다.

쇳덩어리로 다소곳이 앉아 있다가
처음에는 서쪽을 향해 움직이고
나중에는 맹렬한 속도로 달리는 자동차였다.

미세한 찬바람이 쉴 새 없이
복잡한 신경의 미로로
불어오는 지금은
내 머리 위에 둥둥 떠 있다.

한라수목원에서(1)

단풍잎들 사이로

자유롭게 빠져나온 시간들이

내 눈 앞에 도열한다.

찰칵!

소리를 들으며 놀란

바람 한 조각이 저쪽으로

서둘러 자리를 피하고.

이 순간을 주체할 수 없는

나는 그저

가만히 서 있기로 작정한다.

한라수목원에서(2)

겨울의 한라수목원을 만드는 것은
오로지 정적이다.

내 가슴 왼쪽 깊숙한 곳에 거처하는
일상의 완강한 목소리 하나를 꺼내
멀리 던져 본다.

오랜 세월을 견디며 쌓인
사연들이 들어 있었을 텐데도
부딪힌 곳에선
아무 소리가 나지 않는다.

겨우 일, 이년의
짧은 생애를 살고 있는 꽃들도
긴 생애를 살고 있는 나무들도

가만히 나를 쳐다볼 뿐이다.

꽃들의 소통 방법

꽃들이 말하고자 한 것은
나무들이 말하고자 한 것과는 달랐다.

조용히 대화하는 것처럼 보였지만
실제로는 그렇지 않았다.

왁자지껄하게 외치는 것이야말로
가장 일반적인 소통 방법이었다.

왁자지껄하게 외칠 수밖에 없는 것은
살아온 생애가 고단했고
세상이 소란스럽기 때문이었다.

수많은 사람들은 알고 있을까

세상의 모든 것,
겉은 비슷해도 속은 다 다르다.

죽은 자의 생애 또한 다 다르다.
어떤 이의 생애에는
부실하게 자란 아카시아의 뿌리처럼
공허한 부스러기가 떠돌고
다른 이의 생애에는
보석처럼 빛나는 사연들이
여러 겹으로 쌓여 층을 이룬다.

생애의 형식과 내용이 다 다른데도
죽음이라는 단 한 마디 말로 명명되는 것임을

족보의 곳곳에 우뚝우뚝 서 있는
수많은 사람들은 알고 있을까.

중요한 사람과 하찮은 사람

하찮은 것이 주위에 널려 있다.
다만 알아채지 못할 뿐이다.
'중요한 것'을 하찮은 것이라고 하면
사람들은 믿지 않는다.

하찮은 사람이 중요한 사람으로 부각될 때
자기 자신의 내부에서 겪는 심정은 어떠할까.
주위를 한 번 돌아보고 난 후에 맛보는
오만한 자의 흐뭇함일까, 기쁨일까.

중요한 사람이 하찮은 사람으로 폄하될 때
자기 자신의 내부에서 겪는 심정은 어떠할까.
성벽이 무너질 때의 좌절일까.
세상 이치를 깨달을 때의 덤덤함일까.

하찮은 사람은 늘
중요한 사람으로 부각되고 싶어 하고
중요한 사람은
추락하는 자신을 원하지 않는다.

마음의 밭을 가꾸는 사람은
중요한 사람도 하찮은 사람이 될 수 있고
하찮은 사람도 중요한 사람이 될 수 있음을 안다.

승부차기

긴장은 스스로 생성된다.
그라운드 한복판을 가득 채운
메마른 공기도 이동을 멈춘다.
차올린 회색 공이 키퍼의 손에 잡힐 때
혹은 키퍼의 손을 스쳐 네트 안에 꽂힐 때
하늘로 날아오르는
함성과 침묵은 진지하게 교차하고
숫자와 숫자가
서로 다투며 숨 쉬는 장면은
한참 동안 공중에 머무른다.

하지만
인생의 승부차기는 달랐다.
비교할 수 없을 정도로 달랐다.

오늘 걸었던 길이

어제 걸었던 길은
그제 걸었던 길과 같지 않았는데
오늘 걸었던 길과
어제 걸었던 길은 같았다.

오늘 걸었던 시간과 날씨가
어제와 같았다면 그럴 수도 있겠지만
실제로는 달랐다.

이유는 바꾸지 않으려는 내 마음에 있었다.
오늘과 어제의
조금도 달라지지 않는 내 마음에 있었다.

오늘 걸었던 길이
어제와 걸었던 길과 같은 것은
전혀 이상한 일이 아니었다.

다른 것을 두려워하기 때문이다

다르다고 해서
무조건 이상하다고만 할 수 없다.
하얀 백조도, 검은 백조도 있다.
공중을 비행하는 능력은 똑 같다.
색깔이 문제 되는 경우는 없어도
하얀 백조와 검은 백조가 다른 것은 확실하다.

2미터가 채 안 되는 관목도,
8미터나 되는 교목도 있다.
숲을 만드는 능력에는 차이가 없어도
관목과 교목이 다른 것은 확실하다.

새를 보는 사람들이 백조만을,
나무를 보는 사람들이 교목만을 찾는 것은
자기 자신이 알고 있는 것과
다른 것을 두려워하기 때문이다.

억지 춘향 식(式) 하늘

하늘의 색에 따라 환경이 바뀌는 게 아니라, 환경에 따라 하늘의 색이 바뀐다. 일출 때는 주황색이었다가 일몰 때는 붉은색으로 바뀐다. 낮에는 푸른색이었다가 밤에는 검은색으로 바뀐다. 이런 점들을 근거로 말하면 '날벼락'을 맞기 위해서는 마른 하늘이, 별을 따기 위해서는 청정한 하늘이, 별을 따지 않기 위해서는 노란 하늘이 각각 필요하다.

어제도, 오늘도 억지 춘향 식式 하늘에는 아무 일도 벌어지지 않았다.

일상

사라짐이다.

사라짐으로 해서 다시 돋아나는

한라산의 침엽수이다.

그 바늘로 엮어진 병풍의 언덕이다.

쉽게 찢어지고 마는 하얀 무명 조각이다.

잠시만 반짝이는 햇살이다.

그래서 마지막에는 쉽게 잊혀지는

신경의 아픔이다.

물을 밟고 서 있는 한 사나이

버스를 따라 오던 초여름의 미풍이
정류장에서 멈추는 게 보였다. 그날도,
나는 정류장 건너편의 골목을 돌아
바다 쪽으로 내려갔다.
밤 아홉 시쯤이었다.
이십 년이나 오고 갔던 길 위에는
커다란 물길이 놓여 있었고
나는 조금 먼 곳에 있는 바다 쪽,
시선이 정지한 부분에
겹겹이 쌓인 물을 밟고 서 있는
한 사나이를 보았다.
곧이어, 물길이 여러 갈래로 나뉘며
쉼 없이 꿈틀댔고
그의 손도 덩달아 흔들렸다.
건너오지 말라는 신호였을 터였다.
내가 잠시 생각에 잠겨 있는 사이,
그는 어디론가 사라졌고
동시에 여러 갈래의 물길이

하나의 물길로 바뀌자
바다 쪽으로 내려가는 길도
원래의 모습을 되찾기 시작했다.
집까지 남은 거리는
고작 30미터 정도였다.
이해할 수 없는 일의 전말을, 나는
아무에게나 큰 소리로 말하고 싶었지만
오래 전부터 닫힌 목소리의 사정은
그대로였다.
누군가와 이야기를 하는 도중
스무 살 때의 인생이 튀어나올 때마다 나는
물을 밟고 서 있는 한 사나이를,
돌연히 벌어진 물길의 반란을
머리에 떠올리곤 한다.

브라이언*의 고백

오랫동안 프로레슬링 경기를 시청한 것은
시간을 보내기 위한 방편이 아니었다.
살얼음판 같은 무대에서
지고이기는 방식을 보기 위해서였다.
WWE 프로레슬링 경기에서는
'윗선'의 비호로, 또는 선수의 교묘한 트릭으로
이기고도 지는 선수가 넘쳤다.
심판이 그에게 패배의 굴레를 씌울 때마다
관중들의 환호가 어김없이 진동했고
그는 절체절명의 순간에 힘을 얻는 법을,
무너지는 순간에 일어서는 법을
터득하고 있음이 분명해 보였다.
"옛스! 옛스! 옛스!"
링 가운데에 쏟아지는 LED 조명을
굵은 빗금으로 차단하는 그의 팔과 상대 선수를
바라보는 눈빛에는 선善한 의지가 가득했다.
그런 그가 경기 중에 부상을 입었다.
선수 생활을 계속하는 것은 마치 집 대문 앞에

'죽음을 초대'하는 화환을 세워두는 일과 같았다.
결국, 그는 은퇴를 선언했다.
십육 년의 선수 생활을 가능하게 한 것은
프로레슬링에 대한 사랑이었다고 고백하는 그의 얼굴은
선수의 얼굴이 아닌 '사람'의 얼굴이었다.
경기를 '각본 쇼'로 보는 사람들에게도
그의 고백은 의심할 수 없는 사실이었다.
입증의 필요성을 전혀 찾을 수 없었으므로
그의 고백은 움직일 수 없는 진실이었다.

* Daniel Bryan(1981~) 프로레슬링선수, 미국에서 출생. 1999년 프로레슬링계에 데뷔했다. 신체는 178cm, 몸무게는 95kg이다. 2015년에는 WWE 인터콘티넨탈 챔피언을, 2012년에는 WWE 태그팀 챔피언을, 2014년에는 WWE 챔피언(3회)을 각각 지냈으며, 지난해에 현역에서 은퇴한 후, 현재는 스맥다운의 단장을 맡고 있다.

밭담

마소의 침입을 막는 것이
역할이라고들 하지만, 실제 역할은
사람 마음속 깊은 곳에 자리 잡은
밭의 '완전한 소유'를 확인하는 데 있다.
그렇지 않고서야 화산암의 조각돌로
이처럼 정교하게 만들 수는 없다.

먼지 위에 쌓여 있는 도서관의 문서들은
치밀하게 파인 조각돌을 응시하면서
마소의 침입을 막는 역할과는 동떨어져 있음을
조용히 내게 알려 주곤 했다.

세계 도처에서, 철새들이 수집한
소리마디를 풀어 놓은 기록에 따르면
밭을 완전히 소유한 사람의 마음은
자주 이런 모습으로 나타난다고 한다.

사람의 깊숙한 곳에 자리 잡고 있는
마음의 밭을 완전히 소유한 사람의 마음도
또한 이런 모습으로 나타난다고 한다.

책임의 향방

내가 다녔던 초등학교의
육학년 일반 교실 급훈은
'스스로 생각하기'였는데도

급훈과는 다르게 우리는
선생님의 지시에 따라 생각하고 행동했다.

스스로 생각하기를 생활화했다면
나는 친구들 중에서
심오한 사상가나
저명한 지식인이나
유명한 과학자의 이름을
쉽게 찾을 수 있어야 마땅하다.

하지만
내 기억의 들판 곳곳을
아무리 뒤져보아도
그들의 이름은 하나도 보이지 않았다.

시실 그 책임은
교실 급훈을
액자 속에 갇혀 있게 한
한국의 '교육'에서 찾아야 할 터였다.

'사페레 아우데'*를
본뜬 것이든 아니든, 그것을
생활화하지 못한 책임이
우리에게 있는 것은 아닐 터였다.

* 사페레 아우데(Sapere Aude): "너 스스로 생각하라."라는 뜻으로 독일의 계몽사상가였던 임마누엘 칸트의 슬로건이다.

제4부

약간 열린 문을 통해

– 집을 나서며

수수방관하던 일상의
약간 열린 문을 통해
슬며시 빠져 나온다. 그때
자잘한 생각은 불필요하다.

기억의 창고에서 꺼낸
경험의 한 자락을 붙잡고
오직 '나'에게 익숙한 방법으로
수레를 몰아야 한다.

수레를 몰고 가면서
이리저리 흔들리는 '나'를 위한
시간과 공간을 만들어야 한다.
바로 거기서부터
여행은 시작되는 것이니.

미야케지마*로 가는 헬리콥터에서

유리창 너머 정지했던 물상들이 빙빙 돌기 시작한다.
이륙은 의외로 간단하다.
내 생生도 함께 이륙되었다.
항시 상승 의지를 지니고 있으므로
이륙 후의 높이를 따로 잴 필요는 없으리라.

미야케지마 화산섬을 발로 걷기 위해
지정석에 앉아 올라가야 하는 역설 말고도
상상을 억누르는 힘과 반비례하는
헬리콥터의 속도 또한 매우 낯설다.

이륙 후의 산소 결핍과 머릿속의 무지개가
서로 이질적이라는 사실을 확인하는 것은 쉽다.
게다가, 수목원의 하늘로 뻗친 숲과 노란 꽃을
여러 번 떠올려도 굉음은 사라지지 않는다.

힘겹게 숨 쉬는 수평선을,
상록수가 사라진 바다를 보고 있는 것은

그나마 헬리콥터가 아직도
내 의식의 성채城砦 속에서 날고 있기 때문이다.

마침내, 나는 스스로 정신을 바로 세운 후
이룩된 내 생生이 여전히 헬리콥터에 담겨 있음을
깨닫는다.

* 미야케지마[三宅島] : 일본, 간토, 도쿄 도의 섬. 이즈[伊豆] 제도의 화산 섬이다. 넓이는 55.5㎢이고 인구는 4000명이다.

담주 동파서원*으로 가는 길

— 소동파의 말

"봄날, 이 몸 단잠에 취해 있으니
지나는 사람은 오경 종을 살짝만 쳐 주오."
바로, 이 말이 나로 하여금 집을 나서게 했다.

담주의 기후는 더웠지만
'말'로 인해, 그의 마음이
타버린 나무였음을,
밧줄 풀린 배였음을 이미 알고 있었으므로
동파서원으로 가는 길은 숙연했다.

"황주, 혜주, 담주에 귀양을 간 것뿐"
평생의 공적에 대한 언명은
신산한 삶의 역설이었다.
황주로 좌천되었을 때
문자를 통해 드러낸 생각도
"땅속에서도 구부러지지 않은 뿌리"였다.

돌아가고자 한 곳은 자연이었다.
"몸이 내 몸이 아님"을 탄식하면서도

동쪽 산중턱에 돌을 배치하는 방법을
오랫동안 궁리했다.
'자연'과 '동쪽 산중턱'과 '동파'는
몸을 던져 빚어낸 삼일치였다.

동파서원으로 가는 길에는
황주, 혜주의 여기저기에 흩어져 살면서
쉬지 않고 잉잉거리는
그의 '말'들이 동행했다.

담주의 기후는 더웠지만
이미, 내 마음 속에 세운 담주
동파서원으로 가는 길은
결코 덥지 않았다.

* 중국 하이난성[海南省] 담주시는 북송(北宋)의 문호 소식(蘇軾)이 유배되어 3년 동안 지낸 곳이다. 동파서원은 담주시의 중허진[中和鎭]에 있는 서원(書院). 소식은 이곳에서 평민들과 교유하면서 농사를 짓고 학술을 강연하는 등 하이난 지역의 문화발전에 크게 기여하였다.

만일, 낙천주의자가 아니었다면

– 담주 동파서원에서의 소동파

낡은 초가집, 비 내리는 날이면
하룻밤에 세 번 자리를 옮겨야 했다.
척박한 땅 위에 오두막을 짓고
내친김에 다섯 칸짜리 초가집도 새로 지었다.

책을 빌리기 위해 먼 마을을 다녀왔다.
『당서(唐書)』 베끼기를 마친 아들은
『전한(前漢)』 쪽으로 눈을 돌렸다.
빌려온 『유종원집(柳宗元集)』을 읽었다.
좋은 먹을 다 소진한 후에는
집에서 송진을 태워 만든 먹을 사용했다.

선생도, 학교도 보잘것없었다.
남과 북의 양쪽 학생을
차별하지 않고 정성껏 가르쳤다.
여자운黎子雲, 강당좌姜唐佐 등
멀리서 유학 온 학생도 있었다.

병을 고칠 약이 없었다.
육지 지인들에게 부탁해
시호柴胡와 백출白朮을 구했고
하이난 섬의 익지益智와 창이蒼耳에서 채취한 약물로
필요한 약을 제조했다.

매일, 가슴 속 위아래를 오르내리는 분노를 다스리며
도달한 실천이었다.
만일, 낙천주의자가 아니었다면
도무지 불가능한 자취였다.

마침내 우리가 본 것은

– 명사산* 모래 언덕

아무도 모른다.
모래가 이동할 때의 진동이라거나
모래 표면의 신축진동 현상이라거나
말들은 참으로 많았다.
우는 소리라는 말도 있지만 확신은 없다.
게다가 진동도, 울음도, 웃음도,
적 황 녹 흑 백의 다섯 빛깔조차도
명사산 모래 언덕을 말할 때에는 모두
현상에 지나지 않았다.
중요한 것은 현상을 보는
일이 아니었다.
자연을 경배하는 마음으로
여기저기를 걸어 다녔고
잡다한 현상 너머에서
바람과 함께 휘돌고 있는 무엇인가를 보았다.
마침내 우리가 본 것은
명사산 모래 언덕의 본질이었다.

* 명사산(鳴沙山)은 돈황시에서 남쪽 방향으로 5㎞ 정도 떨어진 곳에 위치한, 모래와 암반으로 이루어진 산이다. 그것의 크기는 동서 40㎞, 남북 20㎞, 면적은 약 800㎢정도이다. '명사(鳴砂)'는 산언덕의 모래들이 바람에 굴러다니면서 나는 소리가 마치 울음소리와 같다는 데에서 지어진 이름이다. 실크로드 관광 명소 가운데 한 곳인 명사산에서 관광객들은 모래썰매를 즐겨 탄다. 산 정상에서 바라보는 정경은 대단히 아름답다.

걷기 방법

– 명사산 낙타

발바닥이 두 개인 명사산 낙타는
접지 면적이 넓어서 모래땅을 걸어 다니기에 알맞다.
귀 주위의 긴 털은 모래 먼지를 막아 주고
스스로 콧구멍을 막을 수 있다.

영양 상태에 따라 크기가 다르긴 해도
등의 큰 혹에 지방이 저장되어 있으므로
며칠 동안 먹지 않고도 살 수 있다.

생존 요건을 두루 갖춘
명사산 낙타의 걷기 방법은
앞으로 나아가는 것이다.

소신을 내세우지도 않고
환경을 일일이 따지지도 않고
인내하며 앞으로 나아가는 것이다.
그저 앞으로 나아가는 것이다.

명사산 낙타의 걷기 방법이
옳은 방법인지, 아닌지는
쉽게 단정할 수 없다.
하지만 생존 요건을 갖추지 못한 우리와
많이 닮았음은 확실하다.

사막에서 삶의 벌판으로

– 월아천*

돈황이 갑자기
황량한 사진으로 변한다.
고운 선녀가 슬퍼하며 흘린 눈물이
샘을 이루었고
선녀는 초승달을 샘으로 던져
빛을 찾게 했다.

이 샘은 천 년 동안
한 번도 마른 적이 없었으므로
초승달의 모습을 지닌
사막의 오아시스가 되었다.

거친 바람이 불고
와락 어둠이 내리면서
이제 월아천은
삶의 벌판에 존재하는
인생의 오아시스가 되었다.

* 월아천(月牙泉)은 간쑤성(甘肃省) 주취안시(酒泉市) 둔황시(敦煌市)의 밍사산(鳴沙山) 자락에 있는 초승달 모양의 호수로 고칭(古称)은 악와지(渥洼池), 사정(沙井) 및 약천(药泉)으로 불리었으며 한대부터 둔황팔경(敦煌八景)의 하나로 불리었고 청대에 이르러 月牙泉(웨야취안)으로 바뀌었다.

나란히 함께 대화를

– 막고굴 벽화의 지락천

막고굴 벽화에는
정토 경변과 불설법 도중에도
춤을 추거나 노래를 부르는 '무지',
악기를 연주하는 '낙지'가 등장한다.
사람들은 이들이 춤을 추고 악기를 연주하는 형상을
지락천이라 불렀다.
지락의 이름과 형상은 벽화의 장소와 위치에 따라
다양했다.
춤을 추고 노래 부르는 천인, 보살, 비천 등은 천궁지락,
여러 악기를 다루는 보살은 보살지락,
벽화 아랫부분이나 주변에서 악기를 타면 약의지락,
설법 도중에 악기를 다루면 비천지락,
연화에 나타나는 동자가 악기를 안고 있으면 화생지락이었다.

문학, 음악, 무용, 미술이
막고굴 벽화에서는
나란히 함께

숨을 쉬고 있었다.

대화를 나누고 있었다.

* 막고굴(莫高窟)은 중국 간쑤 성 둔황에 있는 대표적인 천불동으로 유네스코 세계 문화유산에 지정되어 있다. 기원전 전한 시대의 불교 유물부터 시작하여 당나라 후기까지의 불교 유물을 시대별로 폭넓게 볼 수 있다. 1961년에 전국중점문물보호단위에 지정되었고, 1987년에 유네스코 세계 문화유산에 등재됐다. 대한민국에서는 주로 둔황 석굴이라고 부른다.

그렇다면, 나는 가야 하리
–막고굴 비천상*

막고굴에 있는 비천상에서는
모든 형상이 생명을 구가한다.

모든 형상이
생명을 구가하는 데에는
'사람 머리에 새의 몸'이라든가
'말의 머리에 사람'의 몸처럼
'사람'이 반드시 필요하다.

불국정토에는
춤도, 노랫소리도 있다.

그렇다면 나는 가야 하리.
자유와 환희는 응당 있지만
구속과 고통은 없는 곳으로,
기쁨과 사랑은 넘쳐흐르지만
슬픔과 증오는 흐르지 않는 곳으로,

화해와 존중은 많이 보이지만
갈등과 싸움은 보이지 않는 곳으로.

* 비천상(飛天像)은 주로 사찰의 범종에서 볼 수 있으나 때로는 석등, 부도, 불단이나 단청의 별지화(別枝畵) 등에도 나타난다. 비천은 불교의 천국에서 허공을 날며 악기를 연주하고, 춤추면서 꽃을 뿌려 부처님을 공양·찬탄하는 천인(天人)의 일종이다. 천의(天衣) 자락을 휘날리며 허공에 떠 있는 비천상은 마치 도교 설화 속에 등장하는 선녀를 연상케 한다. 그러나 원래 비천의 조상은 오늘날 우리가 사찰에서 볼 수 있는 것처럼 그렇게 아름답거나 매력적인 존재가 아니었다.

와불(臥佛)

막고굴 158굴,
16미터 크기의 부처가
이제 막 열반에 들었다.
슬퍼하며 우왕좌왕하는
제자들 모습이 느린 속도로
내 시야에 들어왔다.

새롭게 정좌한 세계는
세속의 온갖 고통을 잊은
달관의 경지임이 분명했고
다소 풍요로운 자태는
당대의 모습 그대로였다.

하지만, 저쪽 구석에 서 있는 램프가
서서히 비추기 시작한 대상은
여기저기에 부딪히며 생긴
또 다른 금색 빛깔의 고뇌였다.

석가모니의 말씀

– 맥적산석굴*

남쪽에서 붉은 빛이 뿜어져 나온다.
천둥소리가 터지고 번개가 땅을 갈라놓는다.
그 사이로 하늘의 강에서 흘러온 물이 스며든다.
호수는 늘 정해진 수위에 머무른다.
한나라 무제가 여기에 석굴을 조성한 후
이어지는 왕조들이 이를 따르고
마지막에는 수많은 불상조각이 배치된다.
석굴에 존재하는 것은 불상만이 아니다.
하루 종일 여기저기를 돌아다니던
석가모니의 말씀도 조용히 쌓인다.
석가모니의 말씀은
이때부터
중생과 대면하기 시작한다.

* 맥적산석굴(麥積山石窟)은 오아시스로 상의 불교 유적으로 중국 간쑤성(甘肅省) 톈수이시(天水市)의 동남쪽 진령산맥(秦嶺山脈)의 서단에 위치한 맥적산에 있는 석굴이다. 맥적산은 그 모양새가 마치 수확한 밀을 쌓아 놓은 것 같다고 한 데서 붙여진 이름이다. 맥적산석굴은 동과 서 두 지역에 분포되어 있는데, 모두 194굴로 주로 5호16국 시대에 조영된 것이다.

구석기시대부터 불어온 바람

– 화염산*의 바람

사막의 오아시스를 숨긴
붉은 산의 바람은
아무렇게나 부는 바람이 아니다.
「서유기」의 이야기를 담고
은밀하게 달아나는 바람이다.

화염산이 모든 비밀을
풀어 놓는 사이
바람은 순식간에
침식으로 이루어진 협곡과 산을,
용암이 녹아 이루어진 산 아랫길을
일별하고 돌아온다.

하루, 이틀 만에 멈출 바람이 아니다.
장구한 세월의 바퀴를
도시의 중심부까지 구르게 한 바람이다.
사람들로 하여금 숨을 쉬게 한 바람이며
구석기시대부터 불어온 바람이다.

* 화염산(火焰山)은 신장 자치구 지역의 톈산 산맥의 황무지 산으로 붉은 사암 언덕이다. 북쪽으로는 타클라마칸 사막의 경계에, 동쪽으로는 투루판 시 가까운 곳에 위치한다. 화염산에는 오랜 세월의 화산 활동으로 침식되면서 형성된 협곡이 있다. 용암이 녹아서 길은 산 아래로 내어졌다. 불타는 형상을 갖춘 화염산은 총 98km 길이와 9km의 너비를 가지며, 타림 분지를 동에서 서로 가로지른다. 평균 높이는 500m이며, 여름에는 50°C 이상으로 기온이 올라가 중국에서 가장 더운 지점을 기록한다.

바이칼호*의 잔잔한 물결은

강을 닮은 호수였다.
아니, 자궁과도 같은 평화였다.
아득한 옛적
원시시대 사람들의 눈빛과 몸짓을
그대로 간직하고 있었다.
그렇게 크고 깊은 호수를 생성하는 것은
신의 뜻에 의해서만 가능한 일임을
누군가가 조용히 일깨워 주었다.
얼굴에 부딪히는 바람과 태양이
우리의 주위를 떠나지 않았지만
호수를 대표하고 있는 것은 오로지
자연이며 본질인 순수, 그것뿐이었다.
거기에는 응당
고난의 천으로 단단히 덮인 우리 역사의 한 줄기가 아직도
깊고 넓은 한가운데 어느 지점에서 호흡하고 있을 터였다.
우리의 모습은 당연히
시간이 지나면 일그러지고 변하게 마련이다.
그러므로 당장 우리의 흔적을 찾는 것은
부질없는 일이었다.

우리는 흔적을 찾으려고 애쓰지 않았고
오히려 저절로 나타나기만을 기다렸다.
이윽고 우리는
저기 저쪽 바위를 향해 서 있는
샤먼의 얼굴을 통해서 우리를 보았다.
숙연한 시간을 놓치지 않으려고 붙잡느라
우리는 서로 아무 말도 하지 않았지만
'앙가라'강으로 흘러가는 바이칼호의
잔잔한 물결은 분명히
브리아트어語로 우리를 향해
무엇인가를 말하고 있었다.

* 바이칼호는 러시아의 시베리아 남쪽에 있는 호수로 북서쪽의 이르쿠츠크 주와 남동쪽의 브리아트 공화국 사이에 자리 잡고 있다. 유네스코의 세계유산이며, 이름은 타타르어로 "풍요로운 호수"라는 뜻의 '바이쿨'에서 왔다. 약 2천5백만~3천만년 전에 형성된 지구에서 가장 오래되고, 가장 큰 담수호(淡水湖)이다.

집으로 돌아온 또 다른 우리

– 집에 도착했을 때

집에 도착했을 때
아무렇게나 뒤엉킨 신문 활자들이
어색하게 웃으며 우리를 맞았다.
두려움과 경이감이 존재했던
열흘 동안의 감동을, 경험을, 느낌을
그들은 짐작조차도 못할 것이다.
그것뿐이 아니었다는 것을
계속 말하고 싶었지만
다음 날부터 쉴 새 없이 튀어나오는
찬탄의 기억들이
말할 기회를 쉽게 덮어버렸고
집으로 돌아온 후 신통하게도 우리는
또 다른 우리를 확인했다.
인생은 곧 여행이라는 점을 상기하면서
앞으로 가야 할 곳이 어딘지에 대해서는
희미하게 예상하는 수준에 머물러 있지만
어디론가 다시 가야 한다는 점에는
이의가 없었다.

작품 해설

낭만적 정신과 추상적 사유

김진하
(시인 · 서울대 교수)

시와 비평은 불편한 관계다. 비평은 모든 문학에 대해 가치를 명분으로 시비를 건다. 시에게 비평은 불편한 존재다. 비평이 시에 대해 혹여 우호적인 평가를 내려준다면 더없이 소중한 친구가 될 수도 있지만 비평이라는 말은 그 자체로 모든 것에 대한 불화를 담고 있으니 비평은 문학이되 문학의 중심이 아니고 기생하는 문학이다. 그러나 글을 글이고 사람은 사람이다. 시인이 비평을 할 수도 있고 비평가가 시를 쓸 수도 있다. 이때 문학은 하나의 관념으로서의 출발점일 뿐이다. 시를 비평하는 비평가는 비평의 대상이 되는 작품 너머에 시에 대한 관념을 가지고 있다. 비평가의 비평적 글쓰기 내내 저 너머의 시가 배후의 관념이 된다. 비평가는 시인의 작품이 구성해놓은 언어의 조직을 통해 시적 상태를 경험하고 관념의 시를 구성한다. 아니 관념 속의 시의 구성을 시도한다. 그것은 잠재적 시도일 뿐 그 나름의 방식으로 온전히 구현되지는 못한다. 구현된다면 그것은 시인의 시에 대한 모작이 된다. 패스티시는 현존하는 시를 시적 상태로 거슬러 올라가 시 관념에 비추어 다시 구현해내는 것이다. 평론가는 시인의 재능과 영감에 대해 감탄과 시기를 동시에 경험한다. 평론가는 시적 상태를 재구성함으로써 행복하지만 탈취된 재능 탓에 불행해진다. 물론 시인이 비평을 할 수도 있다. 하지만 시인이 무엇보다도 시인이라면 그때의 비평은 비평이기 이전에 시에 대한 견해나 이론이 될 것이다. 시인이 시인이라면 타인의 시에 대한 시비보다는 더 광대한 시의 세계로 모험을 감행해 나갈 것이다. 하지만 아무려나 시에 대한 관념과 구현, 기능과 효용에 대한 옹호는 필요하다. 시인의 시론은 하나의 문학적 운동이다. 시를 위해 선택하고 배제하고 초월하고 옹호하고 확장할 것이다. 시론은 시의 하위문학이 될 것이다.

시와 비평의 대립은 시적인 것과 이성적 사유의 대립이다. 시적인 것은 이성의 지평을 초월하고 이성은 그 초월을 자기 확장을 통해 자기 이해의 틀 안에 포획하려 한다. 끝없는 숨바꼭질이다. 폴 발레리는 말한다. 진정한 시인은 모두 반드시 일급의 비평가다. 시는 시적인 상태만으로 이루어지지 않고 시적 상태를 추상적 사유의 원리를 통해 언어활동으로 구성함으로써만 시가 된다. 시적 상태는 시가 아니다. 한 편의 시는 단어들을 수단으로 시적 상태를 산출하는 일종의 기계장치다. 시인의 말에서 김병택은 '넋두리나 감상'을 배제하고 탐구로서의 시를 시도한다. 비평 이력 삼십년을 뒤로 하고 시인으로서 첫 시집을 내면서 하는 말이다. 비평가로서의 이력을 배후로 밀며 시인은 이렇게 말한다. “오래전부터, 나에게는 개인적 필요성 때문에 시의 방법으로 탐구하고픈 대상들이 여럿 있었다.” 그의 탐구 대상은 자아, 예술, 일상, 여행이다. 그렇게 분류되어 있다. 시집에서 대상의 분류는 시인에게는 보통 큰 의미가 없다. 그것은 독자의 편의를 위한 것일 뿐이다. 하지만 이 경우에는 좀 더 의도적이다. 이 시집에서 그것은 비평가적 선호에 따른 분류다. 아무튼 그 대상들을 시인은 “시의 방법으로 탐구”하고 싶다고 밝혔다. 그 시적 탐구는 비평적 탐구에 대조된다. 게다가 그런 시도가 ‘개인적 필요성 때문’이라면 그것은 무엇인가? 여기서 필요성이라는 말은 실용성을 뜻하는 것이 아니라 필연성으로 읽힌다. 말을 바꾸면, 개인적 필요성은 내면적 필연성이라고 할 것이다. 그것도 오래전부터 있어온 일이다. 다시 말해 비평가 김병택의 내면에는 오래전부터 시라는 방법을 통해 탐구하고픈 대상들에 대한 내면적 필연성이 존재해왔다는 고백이다. 오래전부터 자신의 내면에 시인으로서의 자아가 있어왔다는 고백이다. 여기서 비평가와 시인은 쌍생아로 정립된다.

시인은 시인이고 비평가는 비평가다. 모든 진정한 시인은 반드시 일급의 비평가라는 규정은 시인과 비평가의 공존이 ‘시적 비평’이나 ‘비평적 시’로 수렴될 수 없음을 뜻한다. 발레리의 시인은 언제나 비평을 거쳐 비평 너머에 있다. 언어라는 재료로 건축하되 건축은 재료를 초월한다. 시는 궁극적으로 그리고 전체적으로 초월적이다. 그러므로 김병택의 첫 시집에서 그의 비평적 특징이나 성향을 찾는 것은 시를 벗어나는 일이다. 우선 시는 시로 주어지고 드러난다. 오래전부터 시적인 것을 탐구해 왔다고 그는 고백한다. 시인의 규정으로 『꿈의 내력』의 시편들은 '탐구로서의 시'다. 탐구는 사유의 힘에 기댄다. 그렇다면 그의 시에서는 대상에 대한 시적 체험 혹은 감정 상태에서 비롯하면서 사유의 힘으로 그것을 조정, 분류, 정리하는 이중의 장력이 조성된다는 말이다. 시인은 그것을 다시 시인의 의도와 그 의도의 구현, 그리고 독자의 수용의 양상으로 구분하여 제시하고 있다. 이런 성찰들이 제시하는 시야는 필연적으로 넓고 균제가 있을 것이나 여전히 시는 주머니 속의 송곳처럼 사유의 지평을 도약하여 수직적으로 역동할 것이다.

I

김병택이 시의 방법으로, 즉 시의 형식으로 드러낼 수밖에 없었던 내적 필연성을 느낀 것은 그가 유년 시절부터 일상의 삶 속에 틈입하는 시적 순간들을 강렬하게 경험하였기 때문이다. 그런 비일상적 경험들은 그렇다고 각별히 일상의 것으로부터 구별되는 것은 아니었고 일상의 것과 병치되는 듯 보이면서도 어긋나는 차이를 보이는 것들이다. 먼저 일상 속에 일시적으로 개입하는 비일상적 상태들이 시인의 감수성에 지각된다. 시집의 맨 앞에 놓인 「흐린 날에는」을 보면 시인은 흐린 날에는 책이나, 음악, 잠, 자연 풍경의 상기, 유년의 추억, 과거의 경험이나 사건 등을 떠올린다. 그러니까 흐린 날은 일상의 갠 날과 대비되는 시적 매개물로서 시인의 감수성이 발동하도록 한다. 그리고 그 다음에 이어지는 시의 제목 「나는 전혀 예상하지 못했다」가 보여주듯 삶의 혼돈과 고통 속에서 미래의 예측불가능성 역시 일상적 평명성과 대비되는 시적 상황을 구성한다. 그러니까 시인에게 시적 상태는 특이했던 순간의 상기(「특별한 기억」)나 흐린 날처럼 특별한 시간인 저녁(「저녁에」)에 놓이며 그것이 더 연장되면 저녁부터 아침까지(「저녁부터 아침까지」)이어지기도 한다.

한편 그의 시적 상태는 일상의 삶과 대비되는 몽상이나 꿈으로 나타나는데, 그 꿈의 공간은 유년 시절의 집 뒤뜰의 대나무 숲에서부터 확장되어 현재의 아스파스 길을 거쳐 구름 밖 멀리 광년의 행성에까지 이어진다.

> 유년 시절에는
> 우리 집 뒤뜰
> 대나무 숲에 숨어 있었는데
>
> 어른이 되어 바라보았을 때는
> 광년의 행성에 걸려 있었다.
>
> 가끔 아스팔트길을 걸으면
> 눈부신 차들의 경적소리와 함께

아주 멀리 사라졌다.

tv에서 일기예보를 발표하면
한 떼의 구름을 쫓아
천천히 집 밖으로 빠져 나갔다.

나이가 든 지금에도
광년의 행성에 걸려 있어
전혀 달라지지 않았다.

—「꿈의 내력(來歷)」 전문

이 시를 보면 시인은 근본적으로 시인의 기질, 즉 몽상적 기질을 타고났음을 알 수 있다. 시인은 "무수한 기억들이 사체로 넘쳐나는"(「진지한 작심(作心)」) 의식의 틈새를 말하는데, 시인은 현재를 살아가면서도 순간마다 과거의 기억이 상기되는 것을 경험한다. 그러니 「어떤 깨달음」에서의 강박적 꿈이나 「유심론(唯心論)」에서 잠자던 기억력이 비의도적으로 돌아오는 경험을 기술함으로써 비일상적인 것들이 일상의 것보다 더 근원적이고 지속적임을 드러내고 있다. 이런 상황에서 시인에게 시 쓰기는 "그때 그 시절의 기호들을 하나둘씩 줍기"(「그때 그 시절의 기호들」)일 뿐이다. 그때 시인은 마치 잃어버린 시간을 찾아서 의지적 기억과 비의지적 회상의 실타래를 풀어나간 마르셀 프루스트처럼 시적 순간의 기억과 의지적 사유 사이에서 작업하게 된다. 그리고 그때 시인은 현재와 회상 속의 시간 사이의 차이에서 동일성의 위기에 직면하고 어떤 회의에 빠지게 되고, "요즘 고목은 옛날 고목과 무엇이 다른가?"(「요즘 고목이 회의에 빠진 순간」)라는 질문을 던지게 된다. 시인에서 진정한 삶, 참된 시적 순간은 현재보다는 과거에, 일상의 삶보다는 특별한 경험 속에 있기 때문이다. 그것은 유년 시절 어느 날의 초여름 저녁을 물들였던 붉은 노을, 붉은 천, 붉은 달의 순간(「내 곁의 붉은 색」)으로 대표된다. 낭만적 신비로 가득한 설화처럼 제시된 이야기 속에서 사랑을 맺어주는 붉은 달은 일상적인 노란 달과 대비되어 강렬한 시의 장면을 보여주고 있다.

무엇보다도 김병택을 낭만적 시인으로 규정하게 하는 것은 현실과는 일정한 긴장을 유지하면서도 더 멀고 근원적인 율동에 언제나 관심을 두고 있는 데서 드러난다. 그의 '흐린 날'은 더 나아가 '구름'의 모습으로 분명하게 드러나기도 하는데(「구름은」), 그때 구름은 찬바람을 불러오는 매개물이고 더 근원에는 바람이 있다.

> 바람의 몸을 나는 본 적이 없다.
> 하지만 바람과 부딪히며 자랐으므로
> 바람은 나를 움직이는 근원이다.
> 바람의 얼굴을 나는 본 적이 없지만
> 바람은 늘 내 곁에 있다. 어제 저녁에도
> 바람은 우리 집 추녀 끝의 동쪽 지점을 통과했다.
>
> 바람이 내 곁을 떠났다.

지금까지도 나는
바람이 사는 집을 가보지도 않았고
바람의 가족을 만나지도 않았다.
바람의 이런저런 소식에 목마른 나는
바람으로부터 무엇인가를 듣고 싶다

바람의 흔적이라도 보고 싶다.

–「바람의 흔적이라도」 전문

시인은 바람을 본 적은 없으나 그것이 삶을 추동하는 근원이라고 지각한다. 그의 시적 탐구는 결국 그 알 수 없는 바람의 흔적을 찾아가는 과정이다. 이 바람은 단지 외부 자연의 소재도 아니고 현실의 모순을 빗댄 대상도 아니다. 시인에게 바람은 언제나 삶과 함께 하면서 삶보다 광대한 어떤 것이다. 그리고 그 바람을 찾아가는 과정은 언제나 낭만적 초월과 이어진다. 시인의 낭만적 경향은 1부의 자아탐구에서는 유년기의 추억이나 꿈이 현재의 삶을 압도하는 순간들을 포착하거나 2부의 예술탐구에서 회화나 음악을 통해 예술가의 생애를 해석하기도 한다. 그리고 3부의 일상탐구에서 현실의 삶과의 긴장을 견디는 지혜를 체득한 시인은 4부의 여행을 통해 그 일상의 자아로부터 벗어난다. 꿈과 예술이 시인의 낭만적 초월을 지탱하는 수단이 되는 것과 마찬가지로 4부의 여행도 같은 역할을 하는 것은 당연하다. 꿈이나 예술, 여행은 모두 현실의 삶에서 벗어나는 또 다른 삶의 상상이나 경험이기 때문이다.

II

시인은 숙명적으로 현실과 불화한다. 현실은 허위와 탐욕, 모순으로 가득하다. 김병택은 현실의 비속성과 억압을 야유한다. 특히 그가 보고하는 악몽의 기억이나 분열의 환각들은 그 이유를 뚜렷이 드러내려고 하지는 않으나 현실의 인간관계에서 느끼는 억압이나 상처에서 기인했음을 짐작할 수 있다. 시인은 현실에서의 모순의 양상을 미와 추, 정적과 소음, 겉과 속, 형식과 내용, 중요한 것과 하찮은 것, 같은 것과 다른 것, 본질과 현상 등의 대조를 통해 고찰한다. 그리고 시적 이미지를 통해 다름과 같이 표현하기도 한다.

> 밤에는 별과 달이 지켜
> 잔잔하지만, 낮에는 왜
> 돌과 바람에 날카롭게 부딪히는
> 고난을 겪어야 하는지를
>
> ―「파도여, 말하라」 부분

그런데 시인은 현실과 불화하면서도 성찰의 지혜를 통해 현실의 삶을 받아들이려 한다. 3부의 일상탐구에 실린 글들은 비속한 세계에서 살아가기 위한 모럴들을 탐구하는 데에 바쳐지고 있다. 그래서 잠언의 어구들이 생성된다. 즉, "세상을 잘 헤쳐 나가는 사람은/ 아름다운 것과 추한 것을 함께 본다."(「슬기롭게 사는 사람들은」), "결국, 나무에 대해 잘 말하기 위해서는 나무가 항상 서 있는 구체적인 자리는 물론이고 다른 나무와 맺고 있는 구체적인 관계도 파악해야 한다."(「나무에 대해 잘 말하기 위해서는」), "세상의 모든 것,/ 겉은 비슷해도 속은 다 다르다."(「수많은 사람들은 알고 있을까」), "마음의 밭을 가꾸는 사람은/ 중요한 사람도 하찮은 사람이 될 수 있고/ 하찮은 사람도 중요한 사람이 될 수 있음을 안다."(「중요한 사람과 하찮은 사람」), "다르다고 해서/ 무조건 이상하다고만 할 수 없다."(「다른 것을 두려워하기 때문이다」). 이런 잠언들은 교수이자 비평가로 직업생활을 한 시인이 체득한 지혜로서 낭만적 기질을 절제하는 자기 다짐처럼 들린다. 그러니 모럴리스트의 면모는 문학적 성취에서 보면 대단할 것 없는 덤 같기도 하다. 하지만 시인이 슬기의 이름으로 현실의 삶을 견디는 까닭은 단지 인고의 미덕을 체화하기 위한 것이 아니라 궁극적으로는 또 다른 단계로의 도약을 준비하고 있기 때문이다. 그것은 인격의 수양이 아니라 예술적 단련을 지향한다. 그가 2부의 예술탐구에 배정한 「음률」에서 그의 삶의 자세는 분명히 드러난다.

> 방향 없이 흐르지 않는다.
> 필요한 곳을 찾아 흐른다.
>
> 함부로 멈추지 않는다.
> 잠시, 길을 가다 쉴 뿐이다

무턱대고 오르내리지 않는다.
지나치지 않게 조절한다.

함부로 소멸하지 않는다.
또 다른 생성을 위해 준비한다.

―「음률」 전문

시인은 음악의 율격에서 삶의 원리와의 유비를 발견한다. 그리고 그의 일상 탐구도 결국 현실적 삶에서의 도덕적 균형이 목표가 아니라 예술적 승화를 위한 도약대임을 알 수 있다. 하지만 이런 이성적 규제는 자아의 분열과 불화를 해소하지 못한 채로 견디는 과정이다. 그는 본성적으로 현실과 화해하지 못한다.

내 노랫가락은

뚜렷한 이유 없이 고저장단에 매우 민감했다.
다른 사람들의 노래와 수시로 부딪쳤다.

낡은 이야기를 받아들이는 것이 참으로 어려웠다.
다른 사람들의 노래와 종종 비교되었다.

필요할 때는 자주적으로 펄럭였다.
다른 사람들의 노래와 함부로 섞이지 않았다.

오로지 앞을 보며 나아갔다.
다른 사람들의 노래와 분명한 차이를 보였다.

―「내 노랫가락 타령조(―調)」 전문

앞에서 본 「음률」과 마찬가지로 여기에서도 시인의 노랫가락의 특징은 시인의 삶의 태도에 대한 알레고리로 읽힌다. 그는 민감한 감수성의 소유자이고, 진부한 것을 거부하며, 대중의 것에 섞이지 않으며, 자신의 특성과 차이를 견지한 채로 전진한다. 이것은 결국 예술가의 숙명적 삶에 대한 암시로 보이는데, 보통 예술가들이 가진 그런 성격들로 인하여, 마르크 샤갈의 외로움, 렘브란트의 자기 확인, 이중섭의 노력, 「세한도」의 풍유, 구스타프 말러의 사랑 고백이 완성되는 것이다. 이런 면모를 시인은 "마지막까지 유지한 낭만주의의 모습"(「분명한 사실」)이라고 규정한다.

III

김병택의 낭만주의는 자연과 감정의 낭만주의도 신비적 초월주의도 아니다. 그는 "고스란히 품은/ 오랜 세월을/ 순간의 감정과 바꿀 수는 없다."(「순간의 감정과 바꿀 수는 없다」)고 말한다. 그의 낭만주의는 원초의 감성을 추상적 사유로 규제함으로써 만들어나가는 것이다. 그의 시는 그래서 표현보다는 해석의 의지가 지배한다. 그의 시편들 곳곳에서 추상적 용어들이 그대로 노출되는 이유도 그것이다. 그가 시를 탐구의 방법으로 선택했다는 서두의 말을 다시 주목해야 한다. 그에게는 탐구가, 즉 해명의 목적이 감정의 분출을 통제한다. 그의 시는 자연발생적

감수성을 "시의 방법으로" 조율함으로써 만들어진 것이다. 그런 만큼 그가 추억과 꿈, 예술, 삶의 도덕, 여행을 시의 장면으로 올려놓을 때에도 표현의 열망보다 설명의 의지가 두드러진다. 시 비평가의 사유가 시와 나란히 놓인다. 그러니 그의 시에서 논리적 통사구조, 결구의 단언적 진술, 추상적 용어의 사용 등은 시적인 것에 합리적 사유가 개입하는 전형적인 양상들이다. 그러하기는 하지만 여전히 그가 말하는 시는, 본래적인 초월성을 간직하고 있다. 그가 부르는 시는 다음과 같다.

겨우내 얼어붙은 내 지혜의 작은 연못을
잔잔한 온기로 녹이는 봄날의 미풍처럼

긴 동면을 끝낸 미물들의 구부러진 등을
빠르게 밀치고 지나가는 햇살처럼

썰물이 지나 어김없이 다가올 밀물의
오만한 기세를 누르는 은은한 달빛처럼

헛헛한 바람이 불고 폭풍우가 지난 후
바위틈으로 흘러내리는 영롱한 물방울처럼

바닷가 여기저기 흩어져 있는 조약돌들을
하나하나 장식품으로 바꾼 후의 희열처럼

들판에 뒹구는 야윈 나뭇잎들의 몸에

사랑을 일렁이게 하는 사포의 마음처럼

시여!
그렇게 오라, 내 곁으로.

—「시여! 그렇게 오라, 내 곁으로」 전문

이 시에서 시인은 지상의 삶의 원리를 초극하는 시적 양상들을 제시하고 있다. 그가 바라는 시는 지혜의 연못을 녹이는 봄날의 미풍, 동면에 든 미물들의 등을 비추는 햇빛, 썰물과 밀물의 기세를 누르는 은은한 달빛, 폭풍우가 지난 바위틈으로 흐르는 물방울, 바닷가의 조약돌을 장식으로 바꾸는 작업의 희열, 들판의 나뭇잎들에 사랑의 감정을 부여하는 작업이다. 시인은 지상의 삶의 재료들인 지혜, 미물, 바닷물, 바위, 조약돌, 나뭇잎들이 그 자체로 거친 생의 현상을 만들어내는 것을 관찰하면서도 시는 그보다 높은 곳에 존재하는 미풍, 햇빛, 달빛, 물방울 등과 같은 것이 되길 바란다. 그것들은 훨씬 가벼운 것들이지만 더 높은 곳에 있는 순수한 것들이다. 그와 마찬가지로 사람의 정신에서도 장식을 만드는 희열이나 나뭇잎에 사랑을 부여하는 시인의 작업이 훨씬 가벼우면서도 더 높은 가치를 이루는 것들이다. 그가 진정한 초월의 시인, 수직적 상상력의 시인이라는 것이 이렇게 정돈된 추상적 사유와 상상력의 결합 속에서 그 완연한 모습을 보여준다. 그것이 추상적 가치의 대비를 통해 드러날 때는 다음과 같다.

그렇다면 나는 가야 하리.
자유와 환희는 응당 있지만
구속과 고통은 없는 곳으로,
기쁨과 사랑은 넘쳐흐르지만
슬픔과 증오는 흐르지 않는 곳으로,
화해와 존중은 많이 보이지만
갈등과 싸움은 보이지 않는 곳으로.
—「그렇다면, 나는 가야 하리」 부분

이런 명시적 가치의 추구를 통해 제시하는 것은 그렇다고 뚜렷한 유토피아의 상을 가진 것은 아니다. 그것은 우주적으로 확대되는 세계이며 아득한 인류의 시원부터 꿈꾸어온 어떤 세계다. 시인이 명사산의 모래 언덕에서 본 것은 현상이 아니라 본질이다. 시인은 고백하건대, "자연을 경배하는 마음으로/ 여기저기를 걸어 다녔고/ 잡다한 현상 너머에서/ 바람과 함께 휘돌고 있는 무엇인가를 보았다."(「마침내 우리가 본 것은」). 다시 바람이다.

사막의 오아시스를 숨긴
붉은 산의 바람은
아무렇게나 부는 바람이 아니다.
「서유기」의 이야기를 담고
은밀하게 달아나는 바람이다.

화염산이 모든 비밀을

풀어 놓는 사이
바람은 순식간에
침식으로 이루어진 협곡과 산을,
용암이 녹아 이루어진 산 아랫길을
일별하고 돌아온다.

하루, 이틀 만에 멈출 바람이 아니다.
장구한 세월의 바퀴를
도시의 중심부까지 구르게 한 바람이다.
사람들로 하여금 숨을 쉬게 한 바람이며
구석기시대부터 불어온 바람이다.

—「구석기시대부터 불어온 바람」 전문

시인이 말하는 바람은 아무렇게나 부는 자연의 바람, 거친 바닷가의 바람이 아니다. 신비주의적 초월의 바람도 아니다. 그것은 이야기를 담은 바람, 자연의 변화를 목격한 바람, 구석기시대부터 인간의 역사를 만들어온 문명의 바람이다. 그의 낭만주의가 자연과 감성의 낭만주의가 아니라 정신의 낭만주의임이 명백히 드러난다. 그에게 인간은 역사와 문명을 이루어온 정신적 존재이고, 그 정신은 아득하고 먼 율동, 거대한 바람과 같은 음률 속에서 전개되고 있다. 그가 시를 하나의 방법으로 선택할 때 시는 이중적이다. 그것은 정신적 원천으로서의 시적 상태를 구성하는 것이면서 그 시적 상태를 대상 탐구의 형식으로 드러내는 방법이다. 거대한 정신으로서의 시, 정신의 바람을 시의 형식으로 전개시킬 때 그 시는 기실 하나의 언어형식이나 장르로서의 시보다 더 큰 예술 형식으로서의 시다. 여기서 새삼 시인이 비평가로서 『현대시의 예술 수용』, 『시의 타자 수용과 비평』이라는 작업을 했다는 점을 상기가 필요가 있겠는가.

> 문학, 음악, 무용, 미술이
> 막고굴 벽화에서는
> 나란히 함께
> 숨을 쉬고 있었다.
> 대화를 나누고 있었다.
>
> ―「나란히 함께 대화를」 부분

시인이 꿈꾸는 세계는 문학과 음악, 무용, 그리고 미술이 나란히 함께 숨을 쉬고 대화하는 세계다. 그 예술의 세계는 결국 예술 장르의 구체적 작업이 아니라 예술 정신이라는 근원적인 문명 창조의 정신을 지향한다. 그리고 예술적 정신의 소유자는 현실의 세계에 안주할 수 없으며 현실과 불화하고 현실 너머의 것을 본다. 시인은 현재를 살고 여행에서 일상으로 돌아오지만 여전히 어디론가 다시 가야 한다는 점에는 이의가 없다!

근대 문학에서 본격적인 문학 비평을 개시한 생트-뵈브는 낭만주의 시인이기도 했다. 그러나 그의 시는 그의 수준 높은 비평에 묻혔다. 비평가의 문명이 높아질수록 그의 시는 비평적 수준에는 못 미치는 것으로 폄하되었다. 이후 근대문학의 역사에서 비평가와 시인은 갈라선다. 비평가는 연구자의 길을 가거나 비평적 에세이를 남긴다. 시인은 문학을 창조하는데 비평가는 문학을 지향하되 결국에는 문학을 우회한다. 그러나 시가 문학의 적자라면 비평은 근대문학의 서자다. 하나의 아비를 두고 서로 겨룬다. 서로 부정할 수 없다. 그래서 비평가-시인은 비평문 속에 시적인 것을 담고 시인-비평가는 시 속에 비평을 담아 자기의식을 강화한다. 시는 영혼의 노래를 부르되 시인의 음성을 고찰하는 작곡가의 시선은 이중적으로 시를 감시한다. 더 이상 넋을 노래할 시인은 나오기 어렵게 되었다.

그러나 시인이 비평을 썼다거나 비평가가 시를 섰다는 말은 무의미하다. 시를 씀으로써 시인이 되고 비평을 씀으로써 비평가가 된다. 문인의 정체성은 장르로 귀속되지 않는다. 외려 정체성의 분리는 정신적으로 분열적이다. 그리 행복한 징후가 아니다. 시와 비평은 모순적이므로 시인-비평가는 자기 모순적이다. 그러나 폴 발레리는 말한다. 시는 언어예술이고 시적 작업에는 비판적 사유가 개입되어야 한다고. 시적인 것과 추상적 사유는 함께 작업한다. 주도권의 차이가 있을 것이다. 시인은 시를 쓴다. 비평적 정신은 하수인일 뿐이다. 그 반대가 되면 고답적인 형식주의가 지배한다. 시적 창조성이 관례적인 양식에 밀려난다. 하지만 정신의 창조적 힘으로서의 시적 상태, 정신의 작업으로서의 시학은 모든 문학적 운동의 원천이 된다. 모든 예술적 창조는 정신의 작업이다. 누구는 여기서 헤겔의 정신을 볼 것이다. 여하간 인간의 모든 활동이 거대한 정신의 작업의 산물임에는 틀림이 없다.

김병택이 탐구하는 바람은 정신이다. 그의 시 「바람의 흔적이라도」는 이렇게 읽힌다. '정신은 나를 움직이는 근원이다. 정신의 얼굴을 나는 본 적이 없지만 정신은 늘 내 곁에 있다. 그 정신의 흔적을 탐구하고 싶다.' 그런데 정신은 그 자체로 드러나지 않고 예술적 탐구를 통해서 드러난다. 김병택이 그토록 여러 예술을 넘나들며 정신의 흔적을 탐구하는 이유다. 이제 김병택은 "시의 방법으로" 정신을 탐구한다. 하지만 시는 시적 상태를 산출하는 일종의 기계다. 예술의 정신은 예술의 형식과 조응되어야 한다. 시는 정신에서 출발하지만 언어를 통해 규정된다. 정신의 활동을 질료의 형상으로 구현하는 일, 지성적 탐구를 참조하되 영혼과 삶의 헌신을 요구하는 실행으로서의 예술, 이 도정에 다시 선 시인-비평가의 도전이 흥미롭다.

김병택

1978년 7월 『현대문학』 평론 천료로 등단. 저서로는 『바벨탑의 언어』, 『한국 근대시론 연구』, 『한국 현대시론의 탐색과 비평』, 『한국 현대문학과 풍토』, 『한국 현대시인의 현실인식』, 『현대시론의 새로운 이해』(편저), 『현대시의 예술 수용』, 『시의 타자 수용과 비평』 등이 있다. 2016년 1월에는 『심상』 신인상을 수상했다.

전자우편: taek2714@empas.com

꿈의 내력

초판 1쇄 인쇄일 | 2017년 3월 7일
초판 1쇄 발행일 | 2017년 3월 8일

지은이 | 김병택
펴낸이 | 정진이
편집장 | 김효은
편집/디자인 | 우정민 백지윤 박재원
마케팅 | 정찬용 정구형
영업관리 | 한선희 이선건 최인호 최소영
책임편집 | 우정민
인쇄처 | 국학인쇄소
펴낸곳 | 국학자료원 새미(주)
등록일 2005 03 15 제25100-2005-000008호
서울시 강동구 성내동 447-11 현영빌딩 2층
Tel 442-4623 Fax 6499-3082
www.kookhak.co.kr
kookhak2001@hanmail.net

ISBN | 979-11-87488-52-1 *03810
가격 | 8,000원

* 이 도서의 국립중앙도서관 출판예정도서목록(CIP)은 서지정보유통지원시스템 홈페이지(http://seoji.nl.go.kr)와 국가자료공동목록시스템(http://www.nl.go.kr/kolisnet)에서 이용하실 수 있습니다.(CIP제어번호: CIP2017004841)